大橋弘歌集

既視感製造機械

栞

「名詞使い」の達人　清水亞彦

日常の裂け目から幻視し、イメージを召喚する　白鳥信也

六花書林

「名詞使い」の達人

清水亞彦

大橋弘さんの最新歌集。『デジャヴュの製造法』（仮題）とある。ぼくが今読んでいるのは初校時のゲラだから、この先、タイトル変更になる可能性があるのかも知れない。そうだとしても、この命名は、じつに良く出来ていると思う。同時代に満ちみちている諦念や虚脱感。――そんなマイナスの感触を「語り口」のヴァリエーションや、「名詞使い」の効能によって反転、妙薬化していく歌のありよう。

そこでは、遠近法や縮尺の少しばかり歪んだモノやコトガラが、夢の中の景色のように、あるいは別世界での記憶のように、並べ替えられていく。つまりは『デジャヴュの製造法』だ。作者にとっての歌集とは、そうして束ねられた詩法の見本帖なのだと思う。

自転車のカゴというのはことのほかあの世この世の枯れ葉が入る
トンカツの衣といえば夕闇の滲む速度で揚げるものです
蜆汁、百年昔のことすらも覚えていそうなほどぬるかった
お正月その恥ずかしさ寂しさを靴下二枚穿いてごまかす

まずは、匙加減をやや抑え気味にしてある作品から引いてみた。確かに自転車のカゴっ

て、少し放置しただけで様々なモノを入れられたりするなぁ、という日常生活の小さな感慨。また、夕べの商店街で、精肉店から流れてくる旨そうな揚げ物の匂い。そんな愛すべき「平凡たち」に、ちょこっとコトバを足してやる。すると「あの世この世の枯れ葉」にまみれた自転車は置き去りのままに聖別され、「夕闇の滲む速度で」揚げられたトンカツは、普段通りの食卓にあって華やいだ一品となる。――そんな日常底上げの流儀《メトード》。

その流儀はまた、恐ろしくぬるい「蜆汁」や、気恥ずかしい「お正月」への対処法にも援用される。例え実効性は無かろうと、意に染まない現実に対しては、一行の枠内に於いて詩的復讐を遂げられるフレーズを宛てがわずには居られないのだ。日々を暮らす、ただそれだけで、やんわり蓄積されていく違和感。「蜆汁」や「お正月」をタネ（象徴）に、そんな違和感の総体までも、ひと回り大きなフィールドへと開放してやる。一見軽やかに感じられる作者の流儀には、こうして、存外苦いオトナの倫理が畳み込まれているのである。

新橋はふたつ揃えばいっぱしに音を生み出す楽器なのです

明け方のサーカス小屋の静けさがあるだろ俺の名刺の書体

だから、更なる明るさの方へ、喩法を転じた作品に出会うと、思わず嬉しくなってしまう。一首目。中年サラリーマンの町とレッテルを貼られがちな「新橋」。そんな酔っ払いたちが溢れる喧噪の町も、「ふたつ揃えば」立派な音楽を奏でる楽器になるのだという。

そして二首目。「明け方のサーカス小屋の静けさ」があるという書体。この名刺の書体とは実際のところ、どんなものなのだろう。懐かしい宋朝活字？　大正浪漫を思わせる装飾文字？　鋼鉄のレース編みのような極細のゴシック体？　読み手の想像力を、あれこれ刺激したうえで、究極のところでは、文句なしの心地良さに着地させてくれるような比喩である。集中の秀歌のなかでも、これは特筆すべき作品だと思う。

　総武線、一部車両はゆでたまごのとりわけ寒いあたりに止まる
　ナボコフですか、それとも縦にひび割れの入った壁を打つ雨ですか
　働きの悪い奴にはあげませんでもくださいな天橋立

　もっとも作者の真骨頂は、こういったタイプの作品に一層強く表れているのかも知れない。「総武線」「ナボコフ」「天橋立」と、それぞれの固有名詞を、固有名詞であることの「呪縛」から、解放してやる如き筆法。それらは短詩型において、しばしば問題にされる「動く／動かない」といったリクツに照らせば、措辞が幾らでも動きそうな「不埒な」作品群とも言える。ひょっとして「ゆでたまごの」は「とり（鶏）わけ」に掛かっていく枕詞なのだろうか、と考えてみたり。ナボコフの作品と「縦にひび割れの入った壁を打つ雨」との類似点を、無理やりにでも探そうとしてみたり。──読み手は、かなりの自由度をもって作品を愉しむことが出来る。けれどもそうして愉しみながら、無作為に選ばれたよう

な固有名詞が、不思議な確かさで一首に「座っている」事に気付かされもするのである。それはイメージの連鎖や頭韻、リズムへの配慮はもちろん、おおもとに於いては作者の「詩的経験値」とでもいう他はない蓋然性によって、支えられた措辞と思われるのだ。「でもくだ@いな天橋立」。これだって本来は観光名所でなくても良さそうな処。そう考えて、七音の名詞をあれこれ試してみるのだけれど、やっぱり「天橋立」と置いたときの興趣には、太刀打ちできないのである。動きそうで動かない。すなわち「名詞使い」の達人——と、ぼくが感じる所以である。

日常の裂け目から幻視し、イメージを召喚する

白鳥信也

大橋弘の第一歌集『からまり』(ながらみ書房　二〇〇三年)について、私は「言葉が、はばたいてゆく」と評し、「この歌集を読むものは、大橋弘が絡まりながら向き合っている言葉の現在にふれることになるだろう。はばたいてゆく言葉の浮遊感が、僕たちの身体感覚をよびさますだろう」と書いた。

第二歌集『ｕｓｅｄ』(六花書林　二〇一三年)については、「翻弄される愉快さ」と評

し、「大橋の作品は、習慣にも、情念の論理や、抒情性にも流れることなく、まだ見たことのないイメージの創作に向き合っている。共時性や意味のもたらす共感の側ではなく、言葉を遊び、意味を切断しずらしていく。読み手も日常から切り離されて、イメージの運動する自由な世界に分け入ってしまう。未知の大橋ワールドに誘い込まれてしまうといえばいいのかもしれない」と書いた。

二〇一三年以降の作品をまとめた第三歌集『既視感製造機械』では、どうだろうか。

トンカツの衣といえば夕闇の滲む速度で揚げるものです
「レムリアが欲しい。さもなくば接合部の緩んだたて笛を」

補助線を引こうと思うその先にせせらぎがありトンボがよぎる　　同

啖呵を切るでもないし、短歌的な伝統をふまえた秀歌を目指すでもなく、大橋は淡々と歌を詠んでいる。トンカツという日常の食べ物、そのトンカツの衣というトンカツに付随した要素と揚げる時間にフォーカスし、それは熱せられ変身するプロセスでもあるが、そのプロセスについて「夕闇の滲む速度で揚げるものです」と言い切る。それは、もちろん写生ではない。トンカツの衣を揚げるという日常に潜む行為を切り取り、そこから夕闇が短時間で変化し消えていく、今そこにはない光景を浮かび上がらせようとしている。

二首目の「補助線を引こうと思うその先」の「せせらぎ」も「トンボ」も、補助線を引こうとする日常の一断面とは異なる世界にいるものたちで、これらを引き寄せ、新たな動きを浮かび上がらせている。存在していないものが、言葉によって立ち上がってくる。

ならば僕は行き止まりまで行きたくて行きつけなかった木々であろうか

「嬉々として跳梁跋扈するためには何が必要なの？　玉ねぎかしら。」

たこ焼きを例えば逆さにしたときの海の滅びを聞かせたかった

「『わかりやすく』だなんてきみたちにせもののまゆだまみたくお言いでないよ」

大橋は言葉を異次元接続させて圏外に出ようとしているのだろうか。いや、そうではない。大橋は日々を生き、そこから幻視したものを発語している。季節の移ろいの中で眠れない時間、仕事、困難を抱え込み、手放し、あるいは迂回しながら。こう言ってよければ、大橋の歌は、表現の切っ先を尖らせて鋭器をめざすのではなく、切っ先を削いで磨いてあえて鈍器にしようとしているのではないか。

「ならば」とは、その前に書かれなかった命題がある。書かれなかった命題を受けて「僕は」「行き止まりまで行きたくて行きつけなかった木々であろうか」と詠んでいる。ここでは、自らをドラマタイズしているが、自己を複数の木と仮構したうえで、なお到達できなかった無力感が抱え込まれているようにみえる。しかし、そもそも行きつこうとしていないことを目指していたのではないかという意図も感じられ、その重層的な感覚が醸し出されている。

次の「たこ焼き」は球体だから、逆さにしようとたこ焼きに変わりはないはずだけれど、「例えば逆さにしたときの海の滅び」となれば、「たこ焼き」をあたかも地球に見立てているように思われる。地球を逆さにすれば、どうしたって地球の大部分を占める海は滅んでしまうだろう。そこに住む生物たちも大変な状況になってしまうだろう。そんな「海の滅び」を誰に聞かせたかったのか。この歌はそこには言及していない。しかし、作者は「聞かせたかった」という過去形にして、不条理な欲望を歌にしている。ここでも作者は、たこ焼きというちっぽけな食べ物の中にとてつもなく大きな海をつなげて、視覚化することが困難な情景を歌にしている。

大橋のポエジーは、日々のイマジネーションを内的なリズムで、どこまでも私的にすくいとるところにある。リアリティには向かわないし、説明もしないから、ことばのつながりに迷路が生まれる。読み手がこの迷路に迷い込むところに、大橋の歌を味わう妙味がある。大橋は、日常に生じた裂け目を飛ぶ、あるいはその裂け目から幻視し、イメージを召喚する。醍醐味ではない、うっすらとにじむ感覚がたまらない。

既視感製造機械

大橋弘歌集

六花書林

既視感製造機械　＊　目次

カバー写真　大洲大作
《光のシークエンス－Trans/Lines》より
装幀　真田幸治

既視感製造機械

レムリアが欲しい。さもなくば接合部の緩んだたて笛を

ため込んだ釘のあれこれ一つだけ錆びてる明日も晴れたらいいね

トンカツの衣といえば夕闇の滲む速度で揚げるものです

芍薬よ貴殿もそうか、うつ伏せじゃ眠れないのに眠ろうとして

おしっつみつきはてらせりやねやねをものいうねこのいるやねやねを

天と地を結ぶ帽子がありまして揚げ足取りがお得意らしい

枕の中に酸っぱいばかりで味のない林檎があって眠れそうなる

総武線、一部車両はゆでたまごのとりわけ寒いあたりに止まる

もいだ林檎をあなたの胸に押し当てて冷たかったら抱かせてもらう

まだ生きている雨雨の落ちどころ猫たちの目に見つめられてる

俺はどこに行こうとするの開け閉めを重ねた金庫のように無口で

補助線を引こうと思うその先にせせらぎがありトンボがよぎる

パンジーが咲いたよ僕といもうとが瞑目すれば開く花だよ

モノレール、意外と奴は暗闇を春へと急ぐ気体なのかも

階段ののぼりくだりがますますね、ますます雨期になっていくのよ

肩書がそんなに必要ならばこのチューリップから吸い出してみよ

何回もダメ出しされて見かねてはいるんですでも雪はふりつつ

今にして思えば遅い遅すぎるドアを開けたら朝焼けなんて

反時計回りのタコ焼き、暗号がダダ漏れとなり冷めてしまった

どの線路が薔薇へ向かうか知っている今日も火口に雨の降る朝

紫陽花の色のずるさを愛でながら坂をくだれりくだりゆく耳

てっぺんに西瓜を置いてバランスを取ろうとするが眠れないんだ

健気ではない部分から咲きだしたタンポポなので置き去りにする

いましばしこの世にいたいゆっくりと百合に焼かれるままの、この世

たまご割ってもれなく出して混ぜ合わすもう冬がくるもう戻れない

レールとレールの間にわたつみがあって真夏の蜜がかいま見えてる

ピーマンに「お」をつけるなよいずれくる死の刹那にはつけちゃうかもな

玄関にたまたま辿りついたとき蜘蛛から薔薇になる頃だった

存在、でも枇杷を剝くにはくちびるとカスタネットが必要なのよ

箱ばかりたくさんあっていれるべき階段がないまひるにひとり

えっなんでそんなのわかっているはずよはやくつぶれてトマトみたいに

嬉々として跳梁跋扈するためには何が必要なの？　玉ねぎかしら。

玉ねぎを冬の訪れから少し遠ざけたけどもう死んでいた

ある朝の滑走路にて飛行機が菫に囲まれ飛び立てなかった

床を出るとあらら世界の半分が倒壊しそうそうだろ夜明け

わたくしが空を許さぬ程度には雲も苦しく広がりゆけり

ならば僕は行き止まりまで行きたくて行きつけなかった木々であろうか

諦めているとどこかで鳴り出すよ例えばトマトジュースの瓶で

逃げ出してしまいそうなり夕方の会議を前に論理の猿が

崩れゆく肺のかたちの夏の雲やがて台地も途切れるだろう

もうだめかもしくはだめになりそうなオクラは夢をみているはずだ

後悔はいつもこんにゃくばかりなりお前のなまくら刀で切れるか

どうってことないはずなれどこの歌集カバーをかけて黙らせてみた

青い蛾をどれだけ産めば気がすむかわからんだけど空き瓶を割る

海もいつか滅びるだろうわたくしが焼飯なんかを食ってるうちに

世界からx軸とy軸を追放できないまま夜が明けた

これが地殻、だけど無理ならお薬は二回に分けて飲んでください

この電池早くもオシャカいもうとが冬至を充填したからかもな

肉まんの原材料の筆頭に書くべきものとして、月曜日

枇杷を剝くそんな手つきで剝かないでもう何もかも夕暮れてゆく

忘れかけた詩の一節があるだけで今日も明日も冬なのである

抱かせてよ葡萄の蔓が伸びてゆききみの岩場を包み込むころ

メルヴィルの欠伸に勝る暗さかなほら空域に夜明けの雲が

真っ向から否定されるとものさしのごとく止まった冬至の電車

安眠にいまはさよならさかさまにしてもゆるせん洋梨どのが

ヒトかサルかわからんぐらい高速で、今京都ゆき発車しました

朝ぼらけ口をきくのも億劫なそういう奴がまた生まれきて

玉ねぎの保管場所には雷も落ちない気がして妹よ、好き

木枯らしの薄桃色がやってくるたぶん死ぬまでひとりのきみに

空あげます空気あげます次々とあげているのにまだ眠れない

お正月その恥ずかしさ寂しさを靴下二枚穿いてごまかす

天地ってあいまあいまが広すぎて人と猫には狭すぎるのね

たくさんある朝の中から最適な一つを選ぶための転轍機が故障中

数千万、苺の顔が押し寄せてききわけのよいやつらから死ぬ

はちみつを匙で掬えば声がする天でライムが待っている、声

王安石ってきみのクラスに少なくとも一人二人はいたんじゃないの

世の中の楕円がすべて菱形に変わりつつある今朝の寒さよ

生きることが突如苦手になりかける梅雨の晴れ間の坂道のへり

まだ今日は水曜なのよ敵の手に落ちた宝が戻らないのよ

猫耳を付けて待ってるひと皿で生き返るとかいうまやかしランチ

鉄橋の真下でぼくはわたくしがふたつに別れてゆくのを聞いた

無理なのに無理と言えない人々が切り分けている今日のカステラ

タネのない西瓜が好きな歌人かな西瓜が嫌い歌人も嫌い

朝っぱらから過去の嫌なこと一式を詰め込むんです戸袋にです

失ったものは戻らん肉まんをまん真ん中から割ってみたけど

レモンに手を翳さないからあんたたち汁が廃墟にかかるじゃないの
鍵のかかる引き出しに入れ確実に湿らせておく。消すな鬼火を
夏の空。もってまわった言い方で嘘をつくのに手慣れてるよね

朝焼けを溶かして体に塗りつけるそんな勇気はきみにはなくて

猫のイデアを枕にしたら眠れるよ眠れるはずよおすがりなさい

眼を閉じるそしてアップルパイになる持ち運ばれてあたたかくなる

嘘さえもつきたくなくて揚雲雀空は端から端までの檻

爪きりはおふろあがりでしめやかになった時空を硬く切りとる

みよしののよしのの底にひとつだけ残った象の眠たさがある

気がつけば金曜の朝雨の朝、ブラッドベリもキノコですよね

家族とうまくいかなくなった男らが来る花野ですずっと朝焼け

バス、タクシーもしくは軽い十六夜の月のどれかで駅から五分

ゆっくりと酢豚に集まる冬の箸、やがて地上は地下になるかも

金属になる寸前の寒さかないもうとの脚、ひだりはすあし

ちょっとだけ黄泉があなたの毎朝の整列乗車の開始地点に

だとしても摩擦ぐらいはうな重を待つこのひまに溶かしておけや

おまえのようなやつは空飛ぶ円盤に乗ってエントロピーの尻尾でも見つけてこい

暑すぎてどこにも薬缶を抱きしめて逃げ込む場所がない

坂道で鴇色となり燃え落ちる。午後、妹の髪を噛むとき

失せ物を数える手つきまだぼくはドラえもんから教わってない

午前二時からは精霊午前五時からは生霊、以降そのまま

ラベンダー酔っ払いにもなかなかに一理あるっていうときの色

生き方がふわふわになるお薬を早くください、メロン薬局

トンネルの内側だけは丁寧に濡らされていて立冬に出る

あたためなおすだけですぐ食える不倶戴天の敵なのでした

目的をもつからきみは芋虫になるのだいいからすぐに捨てなさい

今日は大丈夫そうな世界、つば広の帽子をかぶり海を見に行く

生傷の開き加減が駅前で待ってた朝の焦りに見えて

泣きそうな恐れあります肉まんの持ってきどころのない金曜日

人間がまじめに生きているときのイカの匂いをかがされてきた

僕の好きなあの子のために買ったのにノートの罫はやや細かった

同型の便器ばかりがならぶ夜の地球に行けば裏側がある

うつらないテレビを捨てる田村隆一にまるで似てない父のテレビを

いま午後の毛玉を取ってしまったらもうやることのない夏なのである

主語述語それからいつか失った鍵がひょっこり出てくる浜辺

岬から来た一抹の不安かな今朝の氷雨の音をすみかに

打ち合わせが済んだら古い皮は脱ぎ、桃だいふくになるというわけ

便座除菌などしていたら人間になれそうな気が串刺しな気が

爪を切るきみの背中の曲線をまもなく雪の電車が出ます

なぜきみはやる気をなくし出ていくか外はやっぱり初雪なのに

早蕨よ今回だけは許すから望みの処刑を言ってごらん

海に帰れば海の人にはなれそうな気がするそれも死ぬまでのこと

牡丹咲きその肩こりをあなたから取り去るために背後から抱く

脳みそにいまは使わぬ井戸がありバナナの皮が詰まっています

ビルとビルそのはざまから吹いてきた白楽天を凍らせる風

渋滞解消の切り札として開発された五回「なぜ」を繰り返す狸、逐電す

言いたくはないけどメモでお手元に氷雨氷雨と申し継ぎます

人の世におよそ幾度か降る雨の冷たさを知るポストがあった

小夜更けて血の出るような音のする僕の泉に来てみませんか

タクシーで告げる行き先まあいつもその場しのぎの行き先なのよ

またひとつアップルパイが潰されてゆく東京の日の出なのです

おっとすぐに鉛でつまる脳みそを持っているのがアプリコットだ

眠り、たまごの殻ほどの。かけらが皮膚に突き刺さってる

肩こりを静かにほぐす全国の波打ち際を僕にください

一年間、鮃のなかに御自分を閉じ込めてみて。話はそれから

マシュマロとグミのどちらが頭痛から作られたのか教えてよ、猿

冗談じゃないぞおまえらしろたえの雲をちぎって今に食わすぞ

メロンの中心にあるはずだから必要な数だけ撃って早く寝なさい

ものはみなまひるにやかれねむの花そのましたすられいがいでなく

真夜中を雨ふりやまず寝落ちするまでは聞こえる蒲鉾の音

ご近所に地獄あります午後二時に午後二時が来るつまらん地獄

椅子に脚、机にも脚、指示されたまま立っている砂のうえ

日が暮れて少し強気でいられるが天使が来たら負けてしまうよ

ひと煮立ちしたら火は止めお鍋から記憶を出して捨てちゃいましょう

普段静かな川っていうのが案外ね、寝たら起きない狸なんだよ

降りそうで降らないヤワな夕立がきみの裏地をさわさわ言わす

死神博士がまさかのときに籠ろうとしていた繭のなま白さかな

いまツバメが切り裂いた空から食べられそうな青青が降ってくる

豚のように落ち着き払うわたくしを想像しつつ駅に急げり

風呂あがり。世は隅々にペンギンがいるというけどどこにもいない

あずさゆみ春の目盛を思うさまもとに戻している猫のやつ

あの理屈一辺倒の西瓜なら便所の窓から落としてやった

僕たちは青は青でも死にかけの青を好んで外見にする

キャベツ半個とあとは時折ぶり返す軽い怒りで炒めてみました

「おれもまた荒廃をつくりだすことができるのだ」

そのかみのみやこを守る大鴉いま紅に焼かれつつあり

真夜中は汝を電車にしてしまふはやくゆるめて抱かれてしまへ

いづくとも知られず汝の去りしのち海に漂ふ桃の実の影

桃のなだらかな、善悪のさかひめに沿つて舌は這ひゆく

ふみつきの屋根ことごとく崩えゆくは雨に打たれしわたつみのいろ

たましひをもてるわれらはたましひをゆらゆらさせて汁粉など食す

おつと死者も生きてゐるのだ見えるだらう夜を運んでくる消防車

朝な朝なクスリがきれて笑ひだすカニはかうしてヒトになつたよ

ビル風の真下に咲けば向日葵こそ冷酷なれとさとりは言へり

まだ生きてゐたのか夜明けこれからも生きていくのか夜明けのやうに

あなたには聞こえない薔薇のこの薔薇の芯を朽ちてゆく幼児期

引き波にさらはれおもちやは水底へからつぽのまま沈みゆくなり

上司は冷媒に過ぎないのだからおでんを買っておけば退散します

明日からまたはじまるよ煙突を黒‐白‐黒と塗る月曜日

言葉とおなじ速度でねむりにおちていく天井には夕ぐれのしみ

着替え終えたきみは檸檬を二つから三つに増やすそして皮ごと

最大限、愛してもらうことばかり考えていて消えるひとだま

やがて薬が効くようになりブレーキを掛けた車は次々とまる

世の中は遅々と進まぬ猫なのよ猫なのになぜ努力するんだ

現身にいいからはやくおでんでも買ってあげろよ（東京が死ぬまえに）

「あなたには世界が黄色く見えているそうでないなら歌わないはず」

雨のにおいがここにかしこにいたずらのようなからだを抱き合わせれば

たちくらみ、わずかだけれど飛び魚のみなもすれすれ浮かんだ音で

薄あかりしているきみの頰と耳そのなかほどの小さな運河

見もしらぬ朝が隣にやってきてモナカになれと昨日も今日も

町じゅうが新緑という過ちに近づきかけている朝だった

おはじきよものものしげに生きてきた奴をどかしてしまいたいだけ

駆け込んだ車内に靄は立ちこめてぼくらは耳に直角を持つ

あんたには過去というものありそうな気がしないわねいわば枕ね

新橋はふたつ揃えばいっぱしに音を生み出す楽器なのです

明け方のサーカス小屋の静けさがあるだろ俺の名刺の書体

目に見える成果はなくてはらはらと雪散る野辺のコーヒーカップ

葛藤というものが来るお豆腐に包丁を入れ終わったあとも

ひとがみな竹輪と化したあの冬の朝焼けとなり眠るのでした

自転車のカゴというのはことのほかあの世この世の枯れ葉が入る

あら。過去はキウイフルーツ縦割りにしたぐらいじゃあ消えないのよ

渋谷から地下に潜ってすぐ海に着くわけないが抱けばすぐ着く

屋根裏にみかんぶどうをしまいこむように書くのだソネットだけは

例えば楊枝を削るつもりでこの夏の朝を起きればよかったのになあ

雲の峰。あなたを亡命させようと骨折っている雲の峰

まつことのつみかさなればつりかわがまたすべらかなかえりみちかな

檸檬を手にしたとしてもだお前には隠滅すべき謎があんのか

スリッパが大地と空気を接続していることを忘れると痛い目にあう

世界から切り離されるあかときの豆がことりと床におちたら

働けばときには答えを出すことがあるでたらめなすいかあたまも

他人とは思えないのよさくらんぼ震えるくせに増えてゆくから

シクラメンまさかあなたもさよならを言わされやすい性なのですか

来世は梅の花からこぼれおち拡散しちゃう光がいいな

何もかも見てきたような顔をしてねこはわたしに知らん顔する

未来からきたジャムパンに違いない明けても暗い京都の冬は

叔父の家。もうなくなった煙突の穴だけがあるおじさんの家

平面を取り換えられた椅子である冬の青空のみが座れる

泣きそうなタルトであって人じゃない電車がカーブを抜け出すときは

のうみそととりかえるべく紫陽花の花の光っているところまで

あ、そうかも。おたまで掬って少しずつこぼせば治る頭痛なのかも

路地にまでしみこんでくる朝焼けよパンを耳から焼けというのか

疑いを差し挟む余地その余地を狭めるように春の雨、降る

朝死んで夕暮れ生まれ変わるのをロールケーキの定めとします

くろねこをさがしていますいちまいもくじがあたらぬよるのいやさに

さきおととい、それが世界のはじまりと喝破している向日葵の首

雨は降る。テールランプに照らされることのなかったすべての路地に

つまらない言葉ばかりで作られた歌集あらわな銃身がある

言うこととやってることが違うけどやがて夜空の色になりゆく

世の中よ。むだに喋ってばかりいる人から先に月になりぬる

霧を置いて帰ってきたがあなたから「抱いて欲しい」のメールが来てた

みなさんが持ち寄る蛍は知らなくてよいことばかりを照らしがちなる

マフラーのしまい場所すらいにしえの奈良のみやこは青いのだった

退屈だ。そのあと桃がするすると坂を転がり崩れていった

のりしろ、という月光が集まって二度と見えなくなるしくみです

眠たくてもう一秒も仕事なんかしたくないのがスリッパですよ

いうなれば波止場といえど一房の葡萄をもいだ跡の緋の色

ヒヤシンスそのか弱さを掻き抱いて妹はまだ隠そうとする

増えてゆくそのつぶ餡をごま塩をあなたの舌が舐めとりにくる

「わかりやすく」だなんてきみたちにせもののまゆだまみたくお言いでないよ

ごく軽い憂いの沼に浮かびくるこのクルトンはひとだまかしら

外見はまな板なのに月が出て今日も不幸を自慢している

人間は酸味の強いラムネにはなれないしかしまあ、ときどきは

たこ焼きを例えば逆さにしたときの海の滅びを聞かせたかった

疲れたと言ってはならぬ猫のおなかから立ちのぼる秋の霊気になるぞ

貯めて貯めて悪意を貯めて世間並みのグレープフルーツと取り替える

顔はある。けれどもそれはカボチャに似せた仮のものだ

あらかじめ知っていたのに溶けきれず底に溜まっているさようなら

いつまでも沈んでいかぬゆかぬ悩みなど土筆の先っぽだと思っとけ

階段を湿らす雨よ遠くからきて遠くへと去る、そのあいま
雨はやみきみもまくらも眠くなる千の千鳥が舞い降りる夜
岩礁に息づく貝のねむりにも見えてこのまま続くの会議

西鶴がごっこ遊びをしているという前提で今日の残業

もう眠るだけなりセンターラインすら引かれていない道をゆくなり

ぴくるすはおそらくこのよをとうめいにするためなのねよるにつけこむ

やがてごまかしがきかなくなりにじみでる汁が赤くなるのを見ている

脳に語りかけてくるのが霧ならば冬はさびしくないかもしれない

さあ起きて。ねむり心地の半分が深海魚からできているきみ

冬日陰どうしてひとは焼き上げたパンに名前を付けて食うのか

いもうとは眩暈がするというけれど青葉かさなる服を脱がせる

卵黄、もしくは急に丸くなる谷崎さんの座布団でした

冬晴れよどっちつかずに好きだったきみの耳にもあるや奥底

まだ消えぬ猫の鳴き声、この辺にありませんかね有人島は

こころざしなかばで蝶になってみたそしてあなたに拾われてみた

物欲ね。でもでもそれがアイロンを尖らせているいらいらなのよ

後ろ前に着てしまいたる下着かな蛇が見ている過去を見ている

かたつむり。いつかわたしは帰りゆくそのおくまりのうすらあかりに

俺だって懺悔のねこを一匹は持つが夜明けになくしてしまう

仕事には行きたくないがクッキーの缶には蓋がついているので

fascination

もうきみと目を合わせたくないわけだつくしすぎなとまぜこぜなのは

「世の中はお互い様」と言い募る奴にはやらんオレの干し芋

北口を降りてまっすぐ蛍から買い取る本を売る店がある

あのかどね八方美人になりきった金木犀に魅入られるのは

こんにゃくをつらぬきとおす串があるおとなのきみにはつきさせなかった

いっしんに空はあつまりこころあるものがあつまりあなぐらとなる

きれいごとだけれどいいのみつくろいにこにこしているきのこを詰めて

埋め立ててしまった海に人類は栗まんじゅうを泳がせている

このだるい体を軽くすり抜ける蛾のはばたきをはやくちょうだい

なぜという理由もなしに茄子を切るそれが宇宙のはじまりでした

妹をからかうような霧雨に今日もなれたが届かなかった

うそつきと罵られたがのらねこの背中が見えているからからへいき

たぶん蛇はこの世のことにこだわりがあるぶん今日も速攻しよる

怖くないけれどもオクラの花たちが点いたり消えたりする路地がある

雨樋をとにかくここに置けばいいどうせ部長は怒るのだから

目に見えぬ圧力なんてお餅かもしれないのになぜ焼いてみないの

ドアノブに酔いが回ってもう二度と好きと言わないいいもうとである

霧深き東京圏に奥の手を持たねー俺が飼い慣らされる

個性なんてものはないのよ温めても温めてもすぐ冷める湯に

錆びやすいからだを打つな春の雨、打たれた場所が春になります

心臓と同じ高さに夕焼けを置き、それからがみなしごだった

渚にいちまいのコインを忘れておきましたもう生きながらささやくだけの

「玉ねぎを埋めてきた顔をするきみに仕事を語る資格などない」

蝶という字になりたくて眠れない夜をむりやり眠ろうとする

仙人掌ね、とりわけ指示待ち族なんて呼ばれた以上もう仙人掌ね

残業が終わってやっとバニラまで戻る小道が現れていた

顔がふたつかみっつあり洗面器では隠し切れない

これだからネコはやめろと言ったのに鼓動以外のひととおりかよ

俺たちの逃げ場はついにないらしく淡い眼底まで辿り着く

不可視の媒質を通じて屋根裏の詩から不正確が降りてきた

仕事だからしょうがないのだ肉まんを平たくしても仕方ないのだ

おしりのあたり月にかまれた痕はある夏が過ぎても生きていくため

酢で満たすべき瓶なのに月が出る耐えきれなくて微笑んで出る

たんぽぽの顔ばかりなり駅に来てひとらはすべて線上をゆく

どこへ行くにも焦りと一緒その焦りにとうもろこし茶の匂いが付いて

ナボコフですか、それとも縦にひび割れの入った壁を打つ雨ですか

そんなこんなで夜ごと坂道にも劣る俺の寝つきの悪さなのだよ

まだ雨に打たれていない母屋から来たきみの手よすごく冷たい

蜆汁、百年昔のことすらも覚えていそうなほどぬるかった

ネコに謝罪を求めるきみらのセンスではラーメンライス食う資格なし

みなさまの意見が一致しないなか俺は見てるよねこのしっぽを

ものがみなこわれるおとをききたくてちょきんばこからぬすみだしつつ

あれが夢の断片ですね消えていく飛行機雲のおしりのあたり

阪急電車を西に向かって動かせばまず文旦がついていくなり

働きの悪い奴にはあげませんでもくださいな天橋立

塩こぼれ猿になる日が近づいている僕たちから塩こぼれ

辛抱をしているときの自分だということにするボイルやりいか

たぶん元気がなくなりかけてから椰子の実となり流れに落ちる

わたくしが眠りにおちてわたくしが部屋になるまで、猫よ見ていて

こわいものがあるとしたらば燐寸だろう軸が笑っているからだろう

ついてくるよ結果はきっとウサギさん。まってネズミの方がいいかも

オムライス生きてみますかやめますかそういう色の添え物付きで

呼びかけに答える星のあるわけがないぞ私はつなぎはじめる

たまごやき、いつもこっそり入れ知恵をしているだけに輝かしくて

月曜日まもなくよあけいまごろは海も敵意でまっかな頃ね

かわたれの（ねえ、それだけは捨てないで。）猫になるため描いた切符

オレンジはひたすら痛みに耐えながら笑おうとするから腐る

もう限界だけどそこから早蕨のひとつふたつと顔を出すまで

あとがき

過日、およそ二十年間所属した桜狩短歌会が解散した。私に短歌の面白さや寂しさを教えてくれた光栄堯夫師には感謝をどれほど捧げていいかわからない。今は仲間たちとどうにか新たな試みを始めてはいるけれど、桜狩の「跡地」に何を設えることができるのか、自分にはまだよくわからない。

この歌集は、第二歌集『used』の刊行以降のおよそ七年間の作品を集めたものだ。集めたといいながら実際には、無秩序に並べ替えてある。私の場合、発表媒体によらず連作として短歌作品を構成する意図を持たない。このため、ばらばらに並べ替えたところで、個々の作品は特段の支障なく意味が通り鑑賞もできるか、さもなくば、そもそものはじめから意味が通らず、鑑賞にまで至らない。どこから読んでも安心。必ずやいずれかの結果を期待することができるはずだ。

刊行にあたり、お忙しい中、清水亞彦さん、白鳥信也さんのお二人に過分な栞文を賜ったことに、心からお礼を申し上げます。

第二歌集に引き続き、今回も六花書林の宇田川寛之さんのお世話になった。最後に、表紙は大洲大作さんに御作をお借りすることができて、たいへんに嬉しい。実家近くの、倉庫をリノベートしたギャラリーで初めて大洲さんの作品を見たときの、どこかに連れ去られたかのような印象は忘れることができない。

昨日だったか、年月日も思い出せない昔だったのか、でも必ず見たはずの何か。靄が掛かったようで、それが何だったのか、もう思い出すことは難しいけれど、今日も、おそらく明日も、その次の日も、私にはそれが必要なのだ。

二〇二〇年二月

大橋　弘

略歴

1966年　東京都生まれ

1999年　詩集『かいまみ』刊行

2003年　歌集『からまり』刊行

2013年　歌集『used』刊行

2018年　歌文集『東京湾岸 歌日記』刊行

mail：o-chopstick-0218@outlook.jp

既視感製造機械

2020年4月24日 初版発行

著 者――大橋 弘

発行者――宇田川寛之

発行所――六花書林
〒170-0005
東京都豊島区南大塚3-24-10-1A
電 話 03-5949-6307
FAX 03-6912-7595

発売――開発社
〒103-0023
東京都中央区日本橋本町1-4-9 ミヤギ日本橋ビル8階
電 話 03-5205-0211
FAX 03-5205-2516

印刷――相良整版印刷

製本――武蔵製本

ISBN978-4-907891-98-5 C0092